CE LIVRE EST ÉGALEMENT DISPONIBLE AU
FORMAT NUMÉRIQUE.

LES HISTOIRES SANS FIN

© 2024, Salomé Asad

Édition : BoD · Books on Demand, 31 avenue Saint-Rémy, 57600 Forbach, bod@bod.fr
Impression : Libri Plureos GmbH, Friedensallee 273, 22763 Hamburg (Allemagne)

Couverture : Salwa Asad

ISBN : 978-2-3224-8649-6
Dépôt légal : octobre 2023

SALOMÉ ASAD

Les Histoires Sans Fin

Une Lecture d'Octobre

À tous ceux qui ont eu le courage de changer le cours de leur histoire, et à ceux qui n'ont pas eu la force de continuer la leur…

Chapitre 1

Dix heures.

Cela faisait donc quatre heures qu'Eiael aurait dû être levée et deux heures qu'elle aurait dû occuper sa chaise en cours d'histoire. Bien que cela reste son cours favori, elle préférait de loin les histoires racontées dans ses nombreux bouquins à celles de la vieille femme aigrie qui lui servait de professeur.

C'était d'ailleurs à cause de l'un de ces bouquins qu'elle n'avait pas réussi à se réveiller. Elle voulait absolument terminer — pour la sixième fois — son livre préféré de tous les temps *(c'est ainsi qu'elle le décrivait)* : « *Prophéties* ».

Elle se leva sans se soucier des représailles de ses parents quant à son retard, étant donné qu'ils étaient partis travailler il y avait de cela au moins cinq heures.

Les représailles de Lyvia en revanche, elle s'y était préparée dès qu'elle avait posé les yeux sur son réveil.

Sa meilleure amie, en effet, contrairement à elle, détestait les cours d'histoire. Non pas que ses compétences en la matière lui faisaient défaut, non, au contraire. Lyvia était tellement douée qu'elle se permettait parfois de reprendre leur professeur, chose qui lui valut beaucoup de mépris de la part de cette dernière ainsi que de certains de ses orgueilleux camarades tout au long de l'année. C'était pour cette raison que ce cours lui paraissait d'un ennui mortel et c'était également pour cette raison qu'elle exigeait d'Eiael de lui tenir compagnie, devoir auquel elle avait manqué aujourd'hui.

Cette dernière jeta un œil à son emploi du temps posé sur son large bureau d'un bois noble, un marron foncé et verni, qui était en accord avec le reste du mobilier de sa chambre semblant tout droit sortie d'une boutique d'antiquaire de luxe, donnant au tout un rendu très majestueux.

— Horaires doubles.

Elle pinça ses lèvres. Cela faisait deux fois plus de choses à se faire pardonner, autrement dit, deux fois plus de cookies fourrés au chocolat, provenant du fast-food dans lequel elle travaillait les soirs et week-end, à ramener à Lyvia.

Tout en sachant qu'elle ne serait jamais présente pour sa troisième heure, mais sans pour autant perdre plus de temps, Eiael se prépara en hâte afin d'arriver auprès de sa meilleure amie juste à temps pour l'heure du repas.

Étant du genre à romantiser tout ce qui l'entourait de par sa passion, la jeune fille adorait prendre le temps de marcher dans les rues de sa petite ville aux allures médiévales, mais au vu de son retard, elle préféra emprunter le petit train local qui lui rappelait ceux du Far West et qui faisait le tour de la ville de nuit comme de jour.

La compagnie ferroviaire Dragermaan & Fils, dont seuls les membres de la famille Dragermaan étaient les employés, détenait l'usage de ce train depuis bien trop de générations pour que qui que ce soit s'en souvienne. La municipalité avait à plusieurs reprises proposé un gros cachet à la famille afin de racheter, moderniser et développer la compagnie, mais celle-ci avait à chaque fois refusé sans hésiter, au grand damne de Lyvia Dragermaan qui aurait préféré baigner dans une piscine creusée financée par la municipalité plutôt que dans les croquis de train et les morceaux de rails qu'elle côtoyait déjà depuis son plus jeune âge. Ses parents *(ainsi que ses oncles, ses tantes, ses cousins, son petit frère âgé de quatre ans à peine et même sa voisine de temps à autre)* n'avaient de cesse de lui répéter que c'est ce train qui avait permis à leur famille de s'élever à une époque où leur condition était plus que critique, il y a de cela plus d'un siècle. Déjà pris d'un fort succès à peine un mois après sa mise en activité et cela dû au fait qu'il était le seul moyen de locomotion donnant l'accès à chaque recoin de la ville et à ses alentours pratiquement désertiques, et ce encore aujourd'hui aux dépens des lignes de transports en commun modernes, il n'avait depuis pas terni de réputation.

Eiael se hissa alors à bord du petit wagon chargé d'histoire pour arriver une vingtaine de minutes plus tard devant les grilles de leur école.

Elle vit de loin la mâchoire crispée de son amie Lyvia qui l'attendait les bras croisés. Avec le regard qu'elle avait, elle aurait pu dissuader n'importe qui de s'approcher d'elle à moins de trois mètres, mais pas Eiael.

Sa peau mate et métissée ainsi que ses longs cheveux noirs tressés lui donnaient un charme certain et une apparence très agréable à regarder, mais son regard s'imposait souvent en maître pour ce qui était de donner une impression aux autres. En effet, celui-ci avait valu à Lyvia énormément (*beaucoup trop*) de préjugés sur sa personne. Ce n'était tout de même pas sa faute si elle avait deux fusils à pompe à la place des yeux. Non, là, en l'occurrence, c'était la faute d'Eiael.

— Deux heures ! Cette fois, tu as dépassé les bornes Eiael, annonça Lyvia sur un ton des plus autoritaires.

Les gens autour d'elles leur lançaient des regards étranges, pleins d'interrogations. Eiael fit profil bas et plongea sa main dans son sac à la recherche de son alibi.

— Je suis désolée, mais tu te doutes bien que j'ai une excuse valable *(pour les deux amies, un livre était une excuse valable)* c'est à cause de…

Lyvia la devança et attrapa le livre « *Prophéties* » à peine Eiael en avait-elle tiré le coin hors de son sac.

— À cause de ce livre oui, je sais. J'ai su dès que tu m'as dit que tu en avais repris la lecture que ça allait encore nous causer des problèmes. Et puis pour ta gouverne, Eiael, ça, c'était une excuse valable les deux premières fois où tu l'as lu. La troisième peut être, mais au bout de la sixième fois, ce n'est pas une excuse, c'est une tare ! Qu'est-ce qu'il a de si spécial, dis moi ?

— Si tu l'avais lu lorsque je te l'ai conseillé il y a plus d'un an, peut être que tu… *(En voyant le regard assassin de son amie, Eiael comprit qu'il était encore trop tôt pour inverser les rôles de l'accusé et du bourreau, puis se résigna.)* Eh bien, je ne sais pas, lorsque tu lis entre les lignes, tu vois que cette œuvre n'est pas juste un livre de Fantasy destiné à être adapté au grand écran puis à être oublié au bout d'une vingtaine d'années. Il est plein de morales et d'émotions. On voit que les auteures ont fait cela avec le cœur et la passion.

» Et au-delà de l'histoire qui est par ailleurs très bien ficelée, on ne peut que déborder d'imagination en ce qui concerne celle des deux sœurs qui ont écrit cet ouvrage. Personne ne sait pourquoi ce livre ne trouve pas de suite et pourquoi il n'en trouvera jamais. Encore une fois, ça laisse place à l'imagination. Je rêve de savoir ce que seraient devenus les personnages. C'est un peu *une histoire sans fin...*

En relevant la tête après avoir fini son récit, elle vit que Lyvia la regardait avec de grands yeux ronds et la bouche légèrement entrouverte. Cela signifiait certainement qu'Eiael avait fait passer son envie de la réprimander, ou son courage peut être.

S'avouant vaincue, Lyvia traîna son amie à la cafétéria où elles discutèrent de leur sujet favori, discussion qu'elles continuèrent en cours de littérature anglaise, puis de philosophie.

Lorsqu'elles eurent fini leur journée d'étude, elles se dirigèrent vers l'arrêt de bus le plus proche afin de regagner leurs maisons respectives.

Il n'était que dix-huit heures et pourtant le ciel était déjà bien noir au vu de la saison.

Assises sous l'abri qui les protégeait au moins un peu du vent, les deux jeunes filles étant toutes deux plongées dans leurs pensées, appréciaient le silence. Elles observaient les feuilles brunies par l'automne virevolter au-dessus du sol. Parfois, l'une d'elles venait se déposer dans les longs et lisses cheveux châtain clair d'Eiael au-devant desquels elle avait fait deux petites tresses tombant de chaque côté de son visage.

Sortant de sa forteresse imaginaire afin de retirer la feuille de sa chevelure, Eiael remarqua seulement la petite mélodie qui était pourtant bien là depuis quelques minutes et qui ne cessait de se rapprocher. Celle-ci ressemblait à la mélodie que pouvait produire une boîte à musique, ou à celle d'un camion de glace.

Il n'y avait pourtant aucun camion de glace dans cette ville.

— Tu entends ça Lyvia ?

Sans prendre la peine de répondre, son amie se leva et fit quelques pas comme pour tendre l'oreille. La mélodie était désormais arrivée au bout de la rue où elles se trouvaient. Lorsqu'elles jetèrent un œil en sa direction, elles aperçurent très vite bien que peu distinctement un genre de vieille voiture noire qui semblait sortir du début du XXe siècle, du style Ford modèle T.

Très vite, la voiture arriva à leur niveau puis s'y arrêta. Lyvia et Eiael se regardèrent et se rapprochèrent l'une de l'autre instinctivement, comme pour se protéger.

Le visage d'un vieil homme plus mystérieux qu'effrayant se dessina alors dans l'encadrement de la fenêtre. Celui-ci portait un chapeau haut de forme et une montre à gousset accrochée à son costume. Par la force des circonstances, Eiael ne put omettre de remarquer que la mélodie avait fait place à un silence qui, malgré tout, devenait de plus en plus pesant. Le vieil homme eut un sourire tout à fait sympathique et saisit sur le siège passager un paquet de feuilles quelque peu froissées et jaunies. Il tendit l'une d'entre elles aux deux amies avant de leur adresser enfin la parole.

— J'aime à penser que vous honorerez ces lieux de votre présence, dit-il avec un sourire élégant.

— Euh…

Les jeunes filles posèrent les yeux sur la feuille. Eiael ne put se retenir d'être soulagée lorsqu'elle comprit que tout cela n'était qu'un coup de marketing et non l'œuvre d'une organisation sectaire destinée à enlever des jeunes filles et à les offrir en sacrifice dans le bois le plus proche. Du moins, c'est ce que sa raison tentait de dicter à ses nerfs alors qu'un petit doute ne pouvait s'empêcher de subsister.

Sur la feuille qui ressemblait à une vieille affiche en noir et blanc destinée à faire la promotion d'un cirque, on pouvait lire « La Bibliothèque des Histoires Sans Fin par Monsieur Phineas, en ville jusque vendredi minuit ».

— Ça… ça te dit… Eiael ? proposa Lyvia presque par obligation et non sans une pointe d'hésitation.

— Euh… désolée, s'excusa Eiael plus au vieil homme qu'à son amie sans trop savoir pourquoi, tu sais bien que je travaille après les cours toute la semaine, ajouta-t-elle cette fois à l'intention de Lyvia.

— Oh, la bibliothèque est ouverte jusque minuit. N'ayez aucun souci à vous faire là-dessus.

— Oh ! eh bien... d'accord... répondit Eiael au pied du mur alors que l'homme s'était déjà remis en chemin.

Après quelques secondes de silence lorsque le véhicule eut tourné à l'angle de la rue, Eiael et Lyvia échangèrent un regard perplexe. Ce fut bientôt le bus qu'elles attendaient qui fit son apparition devant elles avant même qu'elles n'aient pu échanger un mot. Elles y montèrent alors et s'installèrent côte à côte, au milieu, non loin d'un jeune garçon à peine plus âgé qu'elles, seul autre passager du véhicule.

— C'était vraiment... étrange, amorça sans plus attendre Lyvia. Digne d'un bon livre, très inspirant, mais... étrange. Ça me donne envie d'écrire. Je t'ai dit que j'avais entamé un nouveau manuscrit ?

Eiael et Lyvia, en effet, partageaient, au-delà de leur passion pour la lecture, celle de l'écriture.

— C'est vrai que c'est bizarre, répondit simplement son amie parcourue par une curieuse impression. C'est drôle comme on peut souhaiter tant de fois que sa vie ressemble à un film, mais lorsqu'une chose similaire nous arrive, vouloir qu'il n'en soit rien.

— Mais alors… on y va finalement ?

— Je ne sais pas… franchement, une bibliothèque dans cette ville, c'est tout ce qu'on a toujours voulu. Parce que, qu'on se le dise, la bibliothèque de l'école n'a rien de fabuleux, surtout quand on en a déjà fait le tour. Alors, ça m'embêterait vraiment de ne pas saisir l'occasion, surtout que, cette… « bibliothèque des histoires sans fin »… lut machinalement Eiael en regardant la feuille, s'en va vendredi.

Les deux amies semblèrent réfléchir un instant, et ce fut Lyvia qui brisa ce silence.

— Comment ils font pour déplacer toute leur bibliothèque ? Enfin, j'imagine bien comment ils font, mais… ça ne vaut sûrement pas le coup de ne rester que quatre jours. C'est assez spécial comme concept.

— C'est exactement ce que je me demandais. Spécial… tout comme une bibliothèque ouverte la nuit. Les plus rationnels d'entre nous diraient que ce n'est pas très sûr de s'y rendre.

— D'ailleurs, tu penses qu'il n'y a vraiment pas de fin à tous ces livres ? C'est bien ce qu'indique le nom de l'établissement non ? Ou c'est peut-être moi qui suis encore trop premier degré… marmonna-t-elle à sa propre adresse.

— Eh bien… je suppose que nous verrons cela demain.

Lyvia regarda son amie un instant.

— Tu ne viens pas de dire que ce n'était pas très sûr ?

— J'ai dit « les plus rationnels d'entre nous ». Et puis... pour une fois que quelque chose de palpitant arrive en ville, je veux en faire partie.

Lyvia sourit.

— J'adore quand tu es comme ça. Ça montre que je t'ai bien éduquée.

En effet, cette dernière avait ce petit grain de folie qui la poussait toujours à sortir des sentiers battus, et à y emmener Eiael. Alors si c'était Eiael elle-même qui se proposait à l'aventure, elle n'allait pas refuser.

— Nous irons après mon service au restaurant.

— Je ne comprends pas pourquoi tu t'entêtes à travailler là-bas. Tes supérieurs sont méprisants, tes collègues sont de vraies commères, et tu n'es même pas bien payée. Le seul point positif que tu y trouves, et je précise bien « tu », car moi je sais quel genre de type il est, c'est ton collègue Ot...

— Ne prononce pas son nom ! J'ai décidé de le voir aussi mal qu'il mérite d'être vu, mais si tu me rappelles son existence trop souvent ça va être compliqué. Tu sais à quel point ma volonté peut être capricieuse. Et pour ta gouverne, si je travaille là-bas c'est pour économiser pour mon projet de café-librairie, tu le sais très bien. Et avant que tu me dises de changer de poste, tu sais aussi très bien que l'emploi se fait rare, notamment pour des étudiants dans une petite ville comme la nôtre.

— Soit. Tu as peut-être raison, répondit Lyvia en balayant son discours d'un revers de main. Ton arrêt est le suivant. Alors on dit demain pour la bibliothèque ? Nous n'aurons qu'à dire à nos parents qu'on se rend à un évènement étudiant, ce qui n'est pas totalement faux en soi, il n'y aura peut-être juste pas... d'étudiants. Mais au moins, ils sauront où nous allons. Une bibliothèque en plus, ça ne peut pas trop les effrayer.

Après avoir acquiescé leur plan du lendemain, Eiael descendit du bus à l'arrêt qui ne se trouvait qu'à quelques centaines de mètres de chez elle, en croisant furtivement le regard scrutateur du jeune garçon assis quelques sièges devant elles, un regard qui se trouvait particulièrement questionnant. Peut-être les jugeait-il quant à leur idée de mensonge…

La voiture de ses parents garée dans leur allée lui indiqua que ceux-ci étaient rentrés. Elle n'attendit donc pas un instant pour les informer de sa sortie « étudiante » du lendemain, que ses parents approuvèrent, loin de se douter que leur fille mentait. Ils étaient en effet bien moins à cheval sur les sorties d'Eiael que les parents de Lyvia. Ceux-ci ne cessaient de lui rebattre les oreilles *(c'est Lyvia qui employait cette expression, Eiael de son côté trouvait que les parents de Lyvia avaient parfois raison de lui faire cette piqûre de rappel, connaissant les plans pour le moins rocambolesques dans lesquels elle l'avait parfois entraînée)* avec l'histoire de sa tante, la sœur de son père, qui avait un jour mystérieusement disparu dans leur jeunesse.

Mal à l'aise face à la situation, elle décida de se préparer un thé puis de monter dans sa chambre pour ne pas endurer plus longtemps le poids de la culpabilité qu'elle trouvait de plus en plus exacerbé par la présence de ses parents.

Eiael ayant toujours eu une parfaite entente avec eux, notamment due à la confiance et à la communication qui régnait dans leur relation, était devenue une piètre menteuse, n'ayant jamais eu besoin de recourir à de tels stratagèmes. Seulement cette fois, quelque chose la poussait à ne pas tout leur dire. Bien curieuse d'en apprendre plus sur la bibliothèque, elle déposa son sac dans un coin de sa chambre et ouvrit sans plus attendre son ordinateur portable.

Elle tapa « bibliothèque des histoires sans fin » dans la barre de recherche et déroula la page jusqu'en bas avec étonnement : elle ne trouva rien du tout. Elle scruta deux ou trois pages de plus, fit un tour sur les réseaux sociaux pour voir si elle était citée dans une publication, mais rien.

La drôle d'impression qui l'avait saisie durant leur trajet de bus revint en elle avec encore plus d'intensité. Elle essaya de trouver ce qui clochait dans son esprit pendant un bon quart d'heure, mais rien ne lui vint, un peu comme lorsque l'on cherche absolument à se rappeler une parole que l'on souhaite dire et que l'on a oubliée.

De plus en plus perplexe, elle resta silencieuse pratiquement toute la soirée, chose qui provoqua beaucoup de questionnement chez ses parents.

Même s'ils n'en disaient rien, Eiael le lisait sur leur visage. Ce n'est que le soir venu, juste avant d'aller se coucher, qu'elle prit un bon recul face à la situation au point de se sentir presque ridicule d'être autant tourmentée par une simple bibliothèque. Demain, elles iraient à l'école, puis Eiael irait faire son service avant de partir avec Lyvia découvrir les quelques étagères miteuses d'une bibliothèque qui ne devait de toute évidence pas être exceptionnelle pour qu'on en parle si peu, même pas du tout, et, enfin, elles rentreraient chez elles exactement comme ce soir.

Mais alors pourquoi avait-elle tant besoin de tout rationaliser pour se rassurer ?

Sombrant dans le sommeil, elle ne put répondre elle-même à cette question.

Chapitre 2

Le lendemain, elle partit comme prévu sur le chemin de l'école en décidant sans trop savoir pourquoi de laisser la feuille en évidence sur son bureau, au cas où ses parents souhaiteraient la trouver… Elle qui n'avait jamais écouté son instinct, préférant plutôt suivre les faits et la logique, était désormais assaillie par celui-ci.

Elle essaya tant bien que mal de glisser quelques signaux décourageants à Lyvia pour tenter de lui faire rejoindre son opinion, mais celle-ci semblait désespérément et définitivement manquer de radar d'alerte lorsqu'il s'agissait de situations dangereuses. Eiael savait de toute manière qu'après s'être engagée dans une aventure avec Lyvia, il était impossible de faire machine arrière.

Elle alla donc faire son service du soir après les cours, ignorant les chuchotements de ses collègues derrière son dos, pendant que Lyvia l'attendait en sirotant un milk-shake assise à une table devant un livre. Lorsqu'elle fut sortie des vestiaires, les cheveux légèrement ébouriffés par la casquette à l'image du restaurant qu'imposait leur directrice, son amie se leva d'un bond en renversant presque la chaise sur laquelle elle était assise.

— Prête ? demanda-t-elle avec enthousiasme.

— J'imagine que je n'ai pas le choix.

Lyvia baissa les épaules légèrement agacée par cette réticence, ce qui obligea Eiael à se ressaisir.

— Je rigole ! C'est vrai ? Que peut-il nous arriver de grave dans une bibliothèque déserte en pleine nuit ? Ce n'est pas comme si des enfants se faisaient enlever devant les portes de leur école en plein jour ! plaisanta-t-elle à moitié. En route !

Elles poussèrent alors les portes du restaurant encore bondé à cette heure, laissant derrière elles les équipiers du restaurant qui ne cessaient de regarder Eiael avec un jugement aussi insistant que si elle parlait seule.

— De vraies vipères, commenta Lyvia avec aigreur.

Une fois sorties, elles se retrouvèrent dans une rue silencieuse et faiblement éclairée par les lampadaires. En se fiant à l'adresse inscrite sur le tract donné la veille, elles marchèrent quelque vingt minutes en discutant du collège d'Eiael dont on ne doit pas prononcer le nom et de ses comportements puérils avant d'arriver au bout de l'impasse où se situait la bibliothèque.

— Regarde Eiael ! Ils se sont installés dans le vieux manoir inhabité ! *(Lyvia sautillait à présent d'excitation.)* Génial ! Toi qui ne voulais pas t'y rendre pour notre exploration d'Halloween, ajouta-t-elle en ricanant.

— Je ne veux toujours pas y aller, pour information. Ce n'est pas pour rien s'il a été condamné, du moins c'est ce qu'on pensait tous, répondit Eiael à l'intention de son amie qui avait déjà avancé avec détermination vers le manoir.

Elle la suivit donc, vérifiant une dernière fois autour d'elle ce qu'elle craignait amèrement. Elles étaient seules.

Lyvia frappa bruyamment sur les portes abimées et celles-ci s'ouvrirent instantanément sans que personne ne semble se trouver derrière.

Derrière son dos, Eiael roula des yeux presque agacée par ces éléments de film d'horreur qui n'avaient de cesse de se succéder.

Elle commençait finalement à trouver tout cela grotesque et s'autorisa à se détendre un peu, d'autant plus lorsqu'elle entra dans le hall poussiéreux des lieux et qu'elle vit attendre, assis là, d'autres élèves de son école.

Juste pour être sûre, elle sortit son téléphone portable de sa poche et scruta son écran : pas de réseau. Elle ricana doucement alors que Lyvia lui secouait le bras.

— Regarde là-bas, lui dit-elle en désignant un fauteuil dans le coin de la pièce, ce ne serait pas Ot… elle s'interrompit lorsqu'elle se souvint qu'il ne fallait pas prononcer son nom, ton collègue ?

Eiael posa les yeux sur le collègue maudit, un jeune homme à la *magnifique* chevelure brune ébouriffée, et sur la fille qui se tenait assise sur ses genoux en gloussant.

— Il ne t'avait pas refusé un rendez-vous en prétendant qu'il « n'avait pas le temps pour la gent féminine », alors même qu'il t'envoyait des messages tous les jours en disant qu'il n'avait de cesse de penser à toi un mois plus tôt ? continua Lyvia en leur lançant un regard plein de mépris.

— Je suppose qu'il a trouvé du temps.

— Pardon ? demanda un jeune garçon à la chevelure blonde à côté d'elles. Tu m'as parlé ?

— Oh, non ! répondit avec soulagement Eiael qui avait d'abord cru qu'il s'agissait d'un ami de son collègue les ayant entendues. Je m'adressais à mon amie.

— Ah... répondit le garçon perplexe. Je vois...

Au même instant, d'autres portes s'ouvrirent devant eux, laissant apparaître dans leur encadrement le vieil homme qui leur avait donné le tract. Il portait le même accoutrement étrange que la veille.

— Bienvenue à tous dans la Bibliothèque des Histoires Sans Fin ! lança-t-il en écartant les bras à l'adresse de ses invités, sa voix forte résonnant dans le hall aux murs craquelés et qui semblait à peine avoir été nettoyé pour l'occasion. Derrière ces portes, vous trouverez des centaines de livres provenant d'époques diverses et variées, racontant l'histoire de grands princes du XIIIe siècle comme de soldats de la Première Guerre mondiale. Des Hommes les plus simples aux plus illustres esprits, ce qui est sûr c'est qu'entre ces pages, aucun ne sera jamais oublié, continua-t-il en balayant la petite foule du regard avec un sourire mystérieux.

» Les noms et les histoires *à jamais* retenus dans ces bouquins vous laisseront peut-être indifférents, mais pour les plus aguerris d'entre vous qui sauront s'y plonger avec un œil attentif, je dois tout de même vous prévenir, attention à ne pas vous laisser absorber… termina-t-il dans une légère révérence en s'écartant alors que les portes derrière lui s'ouvrirent, laissant place à une longue allée dont on ne voyait pas le fond, jalonnée par des dizaines et des dizaines d'étagères.

Eiael jeta un dernier regard sur le hall avec ses majestueux tapis bordeaux et ses quelques meubles en bois ternis par le temps. Une faible odeur d'encens et de bois brulé provenant de la cheminée à leur gauche s'élevait dans les airs.

Deux seules et dernières invitées dans la pièce, Lyvia l'attendait à quelques pas en souriant à pleines dents. Eiael elle-même commençait à apprécier la mise en scène, bien qu'elle doutait que les toiles d'araignées en fassent partie.

Les deux amies s'engouffrèrent alors parmi les nombreuses étagères de bois qui exposaient des centaines de livres qui, au grand étonnement d'Eiael, affichaient absolument tous la même couverture : d'un cuir marron leur donnant un style très ancien, comme des petits grimoires de magie. Sur les étagères, des chiffres d'or étaient plaqués, classifiant ainsi les livres non par genre, mais par siècle. Près de la porte, on trouvait visiblement les livres les plus anciens datant du seizième siècle, soit peu après l'apparition des premiers imprimés.

Eiael saisit un livre et lut « Le Sabbat » sur sa couverture, puis « 1560 » juste en dessous. En jetant un œil à quelques dizaines d'autres livres, elle s'aperçut que tous affichaient le même procédé : un nom, ou une dénomination, puis une date plus précise que celle qui se trouvait en tête d'étagère.

— Regarde, Eiael, intervint Lyvia qui avait également entamé son exploration. Il n'y a vraiment aucune fin à chacun de ces livres ! Du moins pas à ceux que j'ai feuilleté.

Se rappelant en effet soudainement le nom de la bibliothèque, Eiael entreprit de regarder la dernière page de quelques ouvrages également. Elle saisit un livre qui portait comme nom « *Le Dernier Serviteur* » et l'ouvrit à l'envers.

« L'humble serviteur s'assit au coin du feu. Il venait d'assister aux derniers instants du Roi de France, François II. Il avait en quelque sorte été son dernier serviteur.

Ne souhaitant pas penser à ce que deviendrait le pays, ou tout simplement son propre poste maintenant que le souverain eut cédé sa couronne à un autre, il ouvrit le livre généreusement prêté par ce marchand ambulant quelques jours plus tôt, lorsqu'il se rendit compte que... »

Eiael tourna la page. Elle gratta du bout des doigts la couverture pour voir s'il n'y en avait pas une collée à celle-ci, mais non. Il n'y avait en effet aucune fin à ce livre.

— On a qu'à emprunter plusieurs livres pour voir à quoi ça rime au juste. Il y a plusieurs étagères par siècle, je pense qu'on devrait en prendre deux ou trois par étagère. On pourrait même s'amuser à écrire la fin, ce serait un bon exercice ! proposa-t-elle à Lyvia.

— Mais la bibliothèque n'est là que jusque vendredi ! On n'aura jamais le temps de lire une quinzaine de livres, avec l'école et tout ça.

— On pourra au moins en lire un ou deux, et feuilleter les autres. Après tout, il n'y a visiblement pas grand-chose à tirer de ces histoires.

Sur ce point, les deux amies tombèrent d'accord et décidèrent alors d'emprunter un à deux livres par période. Elles se séparèrent et se mirent à parcourir les étagères, l'une prenant celles à gauche de l'allée, et l'autre celles à droite. Après un long moment à déambuler dans les allées et à pratiquer son activité favorite *(débusquer des perles rares, bien qu'elle douta d'en trouver en ces lieux),* Eiael fut tirée de ses pensées par un petit bruit sourd.

Elle releva les yeux, observant les allées désertes autour d'elle. Le silence qu'elle perçut en tendant l'oreille lui fit penser qu'elles devaient être les dernières présentes dans la bibliothèque. Les bougies qui éclairaient ce lieu dont Eiael doutait qu'il eût un jour connu l'électricité étaient presque entièrement consumées. Elle regarda alors son téléphone pour s'apercevoir que cela faisait presque une heure qu'elle avait terminé son service au restaurant et qu'ainsi, la bibliothèque serait bientôt fermée.

Estimant ses bras assez chargés de livres, elle alla à la recherche de Lyvia et l'appela en chuchotant, car bien qu'elles fussent probablement seules, elle était habituée à parler à voix basse au sein d'une bibliothèque. Alors qu'elle entamait le tour de sa troisième rangée sans succès, son pied buta contre quelque chose au sol dans la rangée d'étagères 2022. Elle regarda par-dessus la pile de livres qui tenait un dangereux équilibre sur ses bras et s'aperçut qu'il ne s'agissait que d'un bouquin. Elle voulut tant bien que mal le ramasser, mais alors que sa pile d'emprunts menaçait de s'effondrer au moindre mouvement, le vieil homme au chapeau haut de forme l'interpella.

— Nous allons fermer nos portes, mademoiselle. Je vous prierai donc de quitter les lieux.

— Bien sûr, hum… je retrouve mon amie et nous partons, répondit Eiael.

— Oh, je crains que votre amie soit déjà… partie ! dit le vieil homme presque aussitôt avec un rictus énigmatique.

Eiael scruta les alentours de plus en plus sombres, perplexe. Il n'était pas le moins du monde dans les habitudes de son amie de la laisser en plan.

— Vous… vous êtes sûr ? demanda-t-elle, soudain prise d'une étrange angoisse à l'idée d'être seule dans cet endroit. Elle m'aurait prévenue si…

Mais le gardien de la bibliothèque ne la laissa pas terminer sa phrase.

— Tout à fait sûr, assura-t-il en inclinant la tête avec un sourire poli. Elle doit déjà être très loin maintenant.

Eiael se résigna alors et tenta de se rationaliser, se demandant quel serait l'intérêt que trouverait le vieil homme à lui mentir.

En se disant que Lyvia devait sûrement lui faire une farce et l'attendre dehors cachée derrière un arbre pour lui faire peur dès qu'elle passerait à côté, Eiael traversa le hall à l'odeur d'encens et se retrouva sur le perron grinçant dans l'obscurité et le froid mordant alors que les grandes portes du sinistre manoir se refermaient derrière elle.

— Lyvia, ce n'est pas drôle du tout. Si c'est ça, je ne te suivrai plus dans tes plans douteux ! lança-t-elle dans le vide à l'adresse de son amie qui connaissait pertinemment l'aversion d'Eiael pour ce manoir.

Seulement, sa voix se perdit dans l'obscurité et rien ne lui répondit durant de longues secondes à part le silence, avant qu'elle n'entreprenne d'appeler Lyvia sur son téléphone. En grognant d'exaspération, elle se souvint alors qu'il n'y avait pas de réseau lorsque son appel échoua.

— Très bien, je m'en vais, d'accord ? C'est le moment ou jamais de sortir de ta cachette.

Entamant à pas lourds la descente de l'allée, Eiael scrutait et épiait le moindre mouvement comme le moindre bruit. Une chose était sûre, Lyvia aurait droit à la colère de sa vie lorsqu'elle la retrouverait. Un dernier regard en arrière vers le vieux manoir sans vie fit se dresser quelques frissons sur la nuque de la jeune fille, puis elle entreprit avec résilience de rentrer chez elles, les bras endoloris par le poids des bouquins.

Chapitre 3

Eiael passa une bonne partie de la nuit à feuilleter les pages de ses emprunts à la lueur de sa lampe de chevet et découvrit avec une certaine intrigue que tous les livres se terminaient de la même manière.

À la fin du livre nommé « *Le Soixante-sixième Passager de l'Expédition Terra Nova* », daté de 1910, on pouvait lire :

« Alors que le Terra Nova naviguait sur les eaux gelées, le passager soixante-six tentait d'occuper ses derniers jours avant l'arrivée sur les côtes de l'antarctique qui marquerait le début de leur expédition vers le pôle sud géographique. Les yeux rivés vers le plafond, il se souvint qu'il avait embarqué un livre qu'un vieillard lui avait offert en guise de soutien pour son long voyage la veille de son départ dans un bar miteux. Il ouvrit le bouquin refroidi par l'air gelé et entama sa lecture lorsqu'il se rendit compte que... »

Eiael referma le livre. Mais de quoi pouvaient-ils bien se rendre compte, tous ? Cela était-il une série de livres policiers ou quelque chose du genre ? La jeune fille s'assoupit sur un nombre incalculable de questions qui peuplèrent ses rêves de couvertures de cuir et de vieillards au chapeau haut de forme.

Le lendemain, avant de quitter son domicile, elle saisit plusieurs ouvrages de la bibliothèque qu'elle fourra dans son sac juste avant de se précipiter dans la ruelle froide, bien que baignée de soleil pour rattraper de justesse le petit train qui quittait sa rue. Les marchands commençaient à décorer leurs vitrines de citrouilles et de fausses toiles d'araignées, ce qui ravissait au plus haut point Eiael qui adorait la fête d'Halloween.

Pour parfaire cette agréable matinée, elle s'empara de l'un des livres dans son sac en bandoulière, bien décidée cette fois à en entamer la lecture complète. Bien qu'elle aurait dû s'y attendre au vu du nom de la bibliothèque, elle était tout de même déçue que tous les exemplaires présents sur les étagères se ressemblent, elle qui se réjouissait qu'un nouvel établissement ouvre ses portes en ville. Sa nature optimiste la poussait cependant à se dire qu'elle pourrait trouver de l'intérêt à ces livres en les parcourant dans leur totalité. Après tout ne disait-on pas « il ne faut pas juger un livre à sa couverture » ?

Elle regarda donc le titre inscrit sur la couverture de cuir usé lorsque son cœur fit un bon dans sa poitrine. Là, à quelques centimètres de ses yeux était écrit « La Fille de la Compagnie Ferroviaire Dragermaan, 1990 ».

Eiael ne put retenir un rire nerveux lorsqu'en parcourant les pages suivantes à la volée, elle aperçut le prénom « Nalo », étonnamment le même que celui de la tante disparue de Lyvia Dragermaan. Elle ne put se résoudre à continuer sa lecture sans la présence de son amie qu'elle estimait plus que concernée par sa trouvaille.

Un flash lui arriva soudain à l'esprit. Elle venait de comprendre pourquoi une drôle d'impression l'avait saisie durant tout le trajet en bus aux côtés de Lyvia, et lors de ses recherches sur internet : elle avait déjà vu ce tract quelque part. Bien que Lyvia, lassée et étrangement peu concernée par cette histoire n'y avait jamais fait attention, Eiael, elle, avait toujours trouvé intrigante l'histoire de Nalo Dragermaan.

Lors d'après-midis passées chez son amie, elle s'était empressée de fouiller, toujours avec l'autorisation des parents de Lyvia, les nombreux cartons d'articles de journaux, d'avis de recherches et d'enquêtes de police autour de cette affaire non résolue, y trouvant là une incroyable inspiration pour ses romans, et parmi ces documents se trouvait un tract encore plus ancien de « La Bibliothèque des Histoires Sans Fin de Monsieur Phineas », elle en mettrait sa main à couper.

Tout ce qu'elle fut capable de faire durant la fin de son trajet vers l'école était de regarder à travers les vitres dorénavant mouillées par la fine pluie automnale qui avait commencé à tomber avec de grands yeux ronds et un sourire nerveux incontrôlé.

Une fois devant les grilles, Eiael trépignait d'impatience en attendant Lyvia qui ne semblait pas vouloir se presser. Ce fut seulement deux minutes avant la sonnerie qu'Eiael se résigna à se rendre devant sa salle de classe en n'omettant pas de harceler son amie de messages. Assise près de la fenêtre, alors qu'elle regardait dans la cour le vent secouer les branches des arbres presque nus, elle se demanda si l'auteur de ce livre n'avait pas puisé son inspiration dans les faits divers, mais alors que sa pensée cheminait, un nouvel élément la frappa de plein fouet.

Il ne lui semblait pas avoir vu le nom d'un quelconque auteur sur ces livres. Elle fouilla discrètement dans son sac afin de ne pas attirer l'œil de son professeur qui avait déjà dû l'interpeller à plusieurs reprises du fait de son inattention et confirma sa pensée : aucun nom. Elle regarda au passage l'écran de son téléphone et vit avec indignation que Lyvia ne lui avait toujours pas répondu. Il n'était pourtant pas dans l'habitude de son amie de se lever si tard. D'ailleurs, d'aussi loin que remontaient ses souvenirs, c'était toujours Lyvia qui attendait Eiael à son grand désespoir.

Le soir venu, alors qu'elle effectuait son service au restaurant qui n'avait d'ailleurs pas non plus échappé aux habituelles décorations festives de la saison, la façade étant recouverte de faux sang, de crânes et de sorcières dont le rire électronique accueillait les visiteurs, Eiael remarqua l'absence du collègue maudit.

S'efforçant de chasser de sa tête les scénarios où il était en rendez-vous avec l'une de ses nombreuses prétendantes, elle préféra mettre le sujet de côté. Ce n'est que deux heures plus tard, alors qu'elle ressortait de la salle des équipiers avec les cookies qu'elle donnait habituellement à Lyvia pour se faire pardonner son retard et une boisson chaude à la main qu'elle prit cinq minutes pour s'asseoir et vérifier sa théorie des faits divers en tapant « expédition Terra Nova » dans la barre de recherche de son téléphone.

Bien que peu joyeux, elle ne fut pas déçue du résultat. En effet, l'expédition Terra Nova semblait bel et bien avoir existé en 1910, en direction de l'Antarctique. Chaque élément semblait correct sauf un : l'expédition ne comptait que 65 passagers.

Une fois ces éléments vérifiés, elle se mit en route vers la maison familiale des Dragermaan afin de visiter son amie qui de toute évidence — elle s'horrifiait d'imaginer un scénario différent —, était cloitrée chez elle. Elle appuya deux fois sur la sonnette, signal qu'elles avaient mis en place afin de préciser que c'étaient elles et personne d'autre puis attendit quelques secondes avant que la lumière du hall ne s'allume derrière la porte et que celle-ci ne s'ouvre, laissant apparaître le visage anormalement fatigué de la mère de Lyvia.

Celle-ci accorda un étrange regard dénué de toute sympathie à Eiael.

— Kahi ! appela-t-elle à l'adresse de son mari. C'est encore la petite Tushukan, déclara-t-elle simplement avant de la laisser seule sous le perron.

Son mari la succéda dans l'encadrement de la porte avec un air qu'Eiael aurait assimilé à de la compassion s'il y avait lieu d'en avoir.

— Tu as besoin de quelque chose ma petite ? demanda-t-il avec une douceur particulière, bien que la question parue étrange à Eiael. La raison de sa visite ne divergeait pas des autres fois.

— Je viens voir Lyvia.

Cédant sous le stress accumulé, elle ne put retenir ses paroles.

— J'ai un peu honte de vous l'avouer, mais hier nous ne sommes pas allées à une soirée étudiante et je ne l'ai pas retrouvée au moment de rentrer. Elle ne m'a pas envoyé de message de toute la journée alors je m'inquiète. Tout va bien pour Lyvia, Monsieur Dragermaan ? Puis-je la voir ?

Le père Dragermaan parut embêté lorsque Eiael eut fini de parler. Il regarda derrière lui sans doute pour situer où se trouvait sa femme, s'avança sur le perron en fermant la porte derrière lui et se mit à parler à voix basse.

— Écoute, je sais que c'est dur pour toi, mais... ça l'est encore plus pour sa mère et... tu ne peux pas venir sans cesse et faire comme si ce n'était jamais arrivé, elle... (il soupira). Nous avons besoin de faire notre deuil.

Eiael, plus qu'embarrassée, sentit le rouge lui monter aux joues. Lyvia avait-elle perdu quelqu'un de sa famille sans lui dire ? Elle se sentit soudain honteuse d'avoir envoyé autant de messages à son amie, bien qu'elle n'aurait rien pu en savoir. Elle aurait voulu expliquer à Monsieur Dragermaan qu'elle ignorait la triste nouvelle, mais l'heure n'était pas au dédouanement.

— Je veux... Toutes mes condoléances. Dites à Lyvia qu'elle peut m'appeler ou venir dès qu'elle s'en sentira capable. Je serai là pour elle.

Monsieur Dragermaan poussa un râle d'agacement et ajouta simplement

— Ne reviens pas d'accord. Et... Je suis désolé, je vais être obligé de prévenir tes parents.

Puis il referma la porte aussitôt. Dans un mélange d'incompréhension et d'inquiétude, elle tourna les talons en direction de l'arrêt de bus le plus proche afin de rentrer chez elle. Le vent qui soufflait en rafale était la seule chose que l'on entendait dans les rues désertes. Quelque chose de morbide régnait à présent partout autour d'elle, cela sûrement dû à l'horrible nouvelle qu'elle venait d'apprendre. Elle ne put s'empêcher de retourner le discours du père de Lyvia dans sa tête. Elle n'avait pourtant manqué de respect à personne, pourquoi donc voulait-il prévenir ses parents ? Et pourquoi ne devait-elle pas revenir ? Avec une vision d'horreur, elle se demanda s'il n'était pas arrivé malheur au petit frère de sa meilleure amie. Elle saisit alors en vitesse son téléphone et lui envoya à nouveau un message qui disait :

Toutes mes condoléances, je serai toujours là pour t'écouter, j'espère que tu le sais. Prends tout le temps qu'il te faudra.

Après quoi, elle décida de la laisser tranquille jusqu'à ce qu'elle revienne vers elle, en espérant tout de même qu'elle ne prenne pas trop de temps.

Lorsqu'elle arriva dans sa chambre, Eiael jeta un œil aux exemplaires empruntés qu'elle n'avait pas emporté à l'école et décida de les ranger dans un placard en méditant sur le fait qu'elle s'était tellement plongée dans cette histoire, comme dans bien d'autres précédemment, que cette affaire de deuil l'avait brutalement rappelée à la réalité. Elle s'allongea sur son lit aux draps verts, qui rappelaient les nombreuses plantes disposées dans la pièce, et ferma les yeux en tentant d'atténuer la boule qui s'était formée dans son estomac et qui pesait aussi lourd qu'un rocher. Elle n'eut cependant que quelques minutes de répit avant qu'on ne vienne frapper à sa porte.

Elle espéra l'espace d'une seconde ou deux qu'il s'agisse de sa meilleure amie, mais ce furent ses parents qu'elle vit entrer avec la même mine inquiète que Monsieur Dragermaan.

À voir tous ces visages abattus, on aurait dit que c'était elle qui portait le deuil. Soudain, son estomac se contracta, le père de Lyvia avait déjà dû appeler depuis son départ.

— Nous avons reçu un coup de fil des Dragermaan, Eiael, dit sa mère avec une inhabituelle tendresse. Ils ont dit que tu avais recommencé à parler de Lyvia.

La perplexité mêlée d'un fond de panique gagnait de plus en plus de terrain dans l'esprit d'Eiael qui ne comprenait pas pourquoi tout le monde faisait une telle mise en scène pour une démarche aussi banale. Qui plus est, tout le monde employait des tournures de phrases étranges.

— Eh bien oui… mais je ne savais pas pour le décès, elle ne m'avait pas prévenue. Je ne leur ai pas manqué de respect, maman, je le promets !

— Eiael, continua sa mère en s'asseyant sur le lit.

Elle sembla prendre un temps démesuré, mais nécessaire pour dire une phrase selon toute vraisemblance bouleversante. Mais pour qui, et pourquoi, ça, Eiael l'ignorait.

— Lyvia est décédée, tu te rappelles ? Ça fait quatre ans maintenant.

Le vide.

Chapitre 4

La chute fut brutale. Son cœur semblait avoir pris deux tonnes en une fraction de seconde. Ses battements s'accélérèrent comme s'il voulait lui briser les côtes. La totalité de ses muscles se tendit alors que plus rien autour ne semblait exister. Une nausée violente lui envahit l'estomac et sa respiration commençait à se faire sifflante et douloureuse.

Elle entendait vaguement ses parents parler de psychiatre et de rendez-vous auxquels ils se rendraient dès demain, mais elle ne put s'y concentrer.

Soudain, elle fut frappée d'une évidence : Lyvia ne pouvait pas être morte il y a quatre ans, elle était allée à la bibliothèque avec elle pas plus tard qu'hier. Sa première réaction visible fut la colère, mêlée de quelques larmes.

— Ce n'est pas drôle, c'est même complètement bizarre ! hurlait-elle à présent. Pourquoi vous dites ça ? Laissez-moi maintenant ! J'ai besoin de dormir ! ordonna-t-elle sans trop leur laisser le choix en se glissant nerveusement sous ses couvertures.

Elle leur tournait le dos, pourtant elle pouvait sentir sans le voir que ses parents échangeaient ces mêmes regards inquiets auxquels elle avait fait face toute la soirée. Elle les entendit se diriger vers la porte à pas feutrés et ils lancèrent simplement avant de partir :

— Le médecin va t'aider d'accord. Tu l'as déjà fait une fois, nous savons que tu en es capable. Nous irons le voir demain.

Puis ils fermèrent la porte, la laissant seule dans un néant écrasant. Mais contrairement à ce qu'elle avait dit à ses parents, Eiael ne put fermer l'œil. Tout semblait en mouvement dans son esprit, un mouvement rapide et violent qui se fracassait dans chaque recoin de son crâne.

Elle voulut alors prendre son téléphone pour appeler sa meilleure amie malgré sa décision de lui laisser de l'espace et remarqua, pour ne rien arranger à la situation, que son dernier message n'avait pas été distribué. L'angoisse lui monta aux tripes, la prit à la gorge et noya ses yeux.

Elle éclata en sanglots.

Elle avait l'impression que ses parents étaient des étrangers, pourquoi s'amusaient-ils à un jeu aussi malsain ? Aucune réponse ne trouva de place dans son esprit… sauf si…

Elle envisagea le pire, avant de se redresser brutalement sur son lit et d'agripper ses cheveux si fort qu'elle risqua de se les arracher comme pour tenter de se réveiller. Sa respiration se fit rauque et difficile alors que ses oreilles se mirent à bourdonner. Elle souffla, puis souffla encore, ferma les yeux et avala une immense bouffée d'air. Eiael ne pouvait se résoudre à rester dans son lit jusqu'à ce qu'on l'amène voir un médecin qui l'aiderait à faire le deuil d'un décès qui n'avait jamais eu lieu.

Monsieur Dragermaan lui ayant interdit de revenir et ne pouvant joindre Lyvia par téléphone, le seul endroit auquel elle pensa sans trop savoir pourquoi fut la bibliothèque. Tout était étrange en ce lieu et c'est à partir du moment où elles en avaient foulé le sol que les choses avaient commencé à tourner ainsi. Prise dans une frénésie inconnue à elle même, Eiael, descendit les escaliers à pas feutrés afin de ne pas se faire remarquer de ses parents dans la chambre voisine puis sortit en courant le plus vite possible.

Les jambes parcourues d'une nervosité presque surhumaine, elle filait à toute allure vers le manoir en ruine sans même décider d'emprunter le train Dragermaan. Ce n'est qu'en s'arrêtant devant les portes au bois pourri qu'elle ressentit les crampes dans ses muscles, son angoisse en revanche, s'était évaporée.

Elle poussa les portes, prise d'une colère toute nouvelle et ne prit même pas la peine de saluer en retour le vieil homme. Elle savait instinctivement où elle devait se rendre. Dépassant les étagères au pas de course, se dirigeant droit vers la dernière étagère de l'endroit en ruine, Eiael s'arrêta net lorsqu'elle tomba sur l'objet de sa venue : le livre resté au sol depuis le soir où elle s'était rendue dans cette bibliothèque. La main hésitante, elle se pencha vers ce dernier. Elle saisit la tranche du livre, le referma, et le plaça face à elle.

« *Lyvia Dragermaan, 2022.* »

Les poings serrés, les théories se mélangeaient dans sa tête lui faisant l'effet d'un ouragan.

Si ses parents et ceux de Lyvia l'avaient regardé telle une folle ce soir, c'est ainsi qu'elle-même se sentait désormais. Elle garda dans un coin innocent de son cerveau l'idée d'une caméra cachée, dans laquelle elle ne put s'empêcher de noter qu'elle aurait l'air bien ridicule.

Un petit quelque chose au coin de son œil attira son attention. Un autre livre, posé sur l'étagère 2022, là où aurait dû se trouver celui de Lyvia, selon la logique de cette bibliothèque. Elle tira le bouquin, et lut : *« Le Collègue Maudit, 2022 »*. Un rire proche de l'hystérie s'empara d'elle lorsqu'elle se rappela que, lui non plus, elle ne l'avait pas vu sur son lieu de travail et à ses horaires habituels.

Elle sortit d'un pas démentiel de cette bibliothèque et dévala l'allée couverte de feuilles mortes humides avec les deux ouvrages sous le bras. Le cuir dur et battant sous ses doigts témoignait d'une étrangeté dont il lui faisait peur de découvrir la profondeur.

Une pluie fine commençait à peine à lui coller les cheveux aux joues lorsqu'elle arriva devant sa maison éclairée par toutes les fenêtres. Cela n'indiquait rien de bon. Elle feignit une certaine assurance et poussa la porte, seulement, à peine avait-elle fait un pas vers l'escalier de sa chambre que ses parents arrivèrent comme des furies.

— Où étais-tu passée ? sanglota sa mère.

— Dans l'état où tu te trouves qui plus est ! Nous nous sommes fait un sang d'encre ! cria cette fois son père, prêt à se décomposer sur place tellement l'inquiétude suintait par tous ses pores.

— Mais de quel état parlez-vous à la fin ! *(Elle ne perdit finalement pas une seconde de plus à essayer de trouver une logique dans leur comportement et leur colla le livre sous les yeux.)*

» Regardez ce que j'ai trouvé ! J'ai trouvé le même portant le nom de Nalo, la tante disparue de Lyvia ! Il y a un malade qui s'amuse à écrire des histoires sur les gens disparus ! Vous comprenez ? Ce qui veut dire que Lyvia a disparu ! Elle s'est très certainement fait enlever !

Elle hurlait presque en sautant sur place désormais, tant elle désespérait qu'on la prenne au sérieux. Seulement, ses parents affichèrent à nouveau cet air ridicule de chien battu et s'assirent sur l'immense fauteuil en daim en attirant leur fille vers eux.

— Chérie, *tu es malade*. Mais tu vas t'en sortir, ne t'inquiète pas ! Les docteurs ont dit qu'il y avait eu de nets progrès et que ces rechutes pouvaient arriver, mais… mais qu'il ne faut pas s'inquiéter.

Eiael tremblait désormais. Elle ne savait si c'était de colère ou de peur, tout ce qu'elle savait c'est qu'elle en avait assez d'entendre tout le monde dire « qu'il ne fallait pas s'inquiéter » alors que sa meilleure amie avait disparu.

Elle grimpa les escaliers, furieuse, et s'enferma à double tours dans sa chambre. Assise en tailleur à même le sol, elle ouvrit le livre de Lyvia et entama la lecture.

« La mâchoire crispée, les bras, croisés, et une furieuse envie de massacre en tête, Lyvia patientait devant les grilles de son école que sa meilleure amie Eiael ne daigne faire son apparition. Ses longs cheveux tressés tremblaient derrière son dos alors qu'elle s'était mise à taper du pied. Lorsqu'elle la vit arriver au loin, elle ne perdit pas une seconde pour la harponner de ses foudres.

— Deux heures ! Cette fois, tu as dépassé les bornes Eiael !

Son amie fit profil bas et plongea sa main dans son sac à la recherche de son alibi.

— Je suis désolée, mais tu te doutes bien que j'ai une excuse valable, c'est à cause de… »

— À cause de ce livre… termina Eiael, sortie de sa lecture, en jetant un œil en direction du livre « Prophéties » qui reposait sur sa table de chevet.

Ce fut une sensation glaciale qui s'empara de son corps à la lecture de ces lignes. Il s'agissait de la description exacte de ce qu'elles avaient vécu quelques jours plus tôt. Elle ouvrit le livre un peu plus loin.

« Lyvia attendait son amie en sirotant un milk-shake, assise à une table devant un livre de Stephen King. Elle tentait de temps à autre de lancer un regard menaçant à l'un de ses collègues comme elle seule savait le faire, juste histoire de leur rappeler que si leurs chuchotements au sujet d'Eiael se faisaient trop fréquents, elle serait là pour les faire taire. Lorsqu'elle vit enfin cette dernière sortir des vestiaires, les cheveux légèrement ébouriffés par la casquette à l'image du restaurant qu'imposait leur directrice, elle se leva d'un bond en

renversant presque la chaise sur laquelle elle était assise.

— Prête ? demanda-t-elle avec enthousiasme.

— J'imagine que je n'ai pas le choix.

Lyvia baissa les épaules, légèrement agacée par cette réticence, ce qui obligea son amie à se ressaisir.

— Je rigole ! C'est vrai, que peut-il nous arriver de grave dans une bibliothèque déserte en pleine nuit ? Ce n'est pas comme si des enfants se faisaient enlever devant les portes de leur école en plein jour ! plaisanta-t-elle à moitié. En route !

Elles poussèrent alors les portes du restaurant encore bondé à cette heure, laissant derrière elles ses équipiers qui ne cessaient de regarder en leur direction.

— De vraies vipères, commenta Lyvia avec aigreur. »

Eiael se mordit les lèvres. Si seulement elle avait su à quel point elle voyait juste en cet instant, toute cette folie n'aurait même pas lieu. Le cœur battant presque douloureusement, elle tourna les pages jusqu'à arriver à la dernière du bouquin.

« — Mais la bibliothèque n'est là que jusque vendredi ! objecta Lyvia. On n'aura jamais le temps de lire une quinzaine de livres, avec l'école et tout ça.

— On pourra au moins en lire un ou deux, et feuilleter les autres. Après tout, il n'y a visiblement pas grand-chose à voir dans ces histoires.

Sur ce point, les deux amies tombèrent d'accord et décidèrent alors d'emprunter un à deux livres par période. Elles se séparèrent et se mirent à parcourir les étagères, l'une prenant

celles à gauche de l'allée, et l'autre celles à droite. Lyvia décida de commencer par l'étagère la plus récente, celle de 2022. Elle décida même de prendre le premier livre de l'étagère. Elle en saisit la tranche, l'extirpa d'entre les autres bouquins et le fixa, nette.
« Lyvia Dragermann, 2022. »
À la fois excitée et intriguée, elle ouvrit le livre, tourna les premières pages, lut les premiers mots lorsqu'elle se rendit compte que... »

— C'est ici que s'arrête l'histoire, constata Eiael à voix haute. Elle a simplement dû se rendre compte que c'était son histoire et que quelqu'un l'avait donc épiée, puis prendre peur, mais... pourquoi partir et me laisser seule ? Ce n'est pas son genre.

Une théorie des plus sordide tournait en boucle dans son esprit. Elle se mit à penser que le vieil homme faisait partie d'une de ces sectes centenaires dont les membres pullulaient comme les rats sous Paris, enlevaient les gens, faisaient des genres d'expériences dessus et s'amusaient d'une manière sadique à consigner l'identité de ses victimes dans des livres.

Elle entreprit de griffonner ses *innombrables* pensées sur des feuilles volantes, tantôt qu'elle déchirait, tantôt qu'elle cachait entre deux pages d'un livre, considérant l'idée notée trop précieuse pour être perdue ou vue par n'importe qui, quand soudain, une idée pourtant plus qu'évidente lui sauta seulement au visage.

Elle attrapa le livre de Lyvia et se mit à lire les parties de l'histoire où elles n'étaient pas censées être ensemble.

« Lyvia descendit du bus quelques arrêts après son amie. Peu rassurée quant à l'idée de longer

le petit bois pour rentrer chez elle, elle augmenta l'allure. Sans cesse regardant au dessus de son épaule, elle s'agrippait à son téléphone si fort que l'écran aurait pu se fissurer sous la pression.

Arrivée chez elle, elle ferma bien la porte à double tours, deux fois, puis s'enferma dans sa chambre et jeta un dernier coup d'œil inquiet par la fenêtre qui donnait sur une rue sombre à peine éclairée par un lampadaire défectueux. Elle ferma ses rideaux et se promit de parler de ses angoisses à Eiael dès demain. »

— J'en étais sûre ! s'exclama Eiael d'un air excentrique. Elle devait être harcelée par quelqu'un ! Suivie… Mais pourquoi ne m'a-t-elle rien dit finalement ?

Elle passa le reste de sa nuit à feuilleter, écrire, surligner, réfléchir, puis petit à petit, s'assoupit sur le sol luisant, réfléchissant la lumière du lustre qui ornait son plafond et avant même de fermer l'œil définitivement, elle entendit au loin, une petite musique de camion de glace.

Chapitre 5

Un hurlement réveilla brusquement Eiael. La lumière du jour l'aveuglait et sa couverture d'un orange poissard lui démangeait la peau. Une jeune fille suppliait en criant derrière la porte, mais… quelle porte ?

Ce n'était pas la porte de sa chambre, ni même celle de son salon. Elle se leva sans ménagement et fit l'analyse plus vite qu'elle n'aurait souhaité comprendre : des murs blancs ou d'un bleu d'hôpital, une fenêtre dont le verrou empêchait toute ouverture, un lit médical grinçant et une simple table accompagnée de sa chaise dans un coin de la pièce.

Elle ouvrit la porte à la volée et eut juste le temps de voir le numéro 18 qui indiquait celui de sa chambre avant que ses parents et du personnel en blouse blanche ne se précipitent sur elle. Elle se débattit furieusement avant qu'un médecin, plus baraqué qu'un autre, l'assoie sur son lit.

Elle se tourna d'abord vers ses parents, la voix tremblante.

— Maman, papa, qu'est-ce que je fais ici ? Je veux rentrer à la maison. Je n'ai aucun problème s'il vous plait je… je…

Mais ceux-ci ne faisaient que la regarder avec leur air habituel de pitié, allant même jusqu'à faire perler leurs yeux de larmes. Un dégout mêlé de colère monta en elle lorsqu'elle comprit qu'ils n'étaient plus ses alliés depuis longtemps.

— Eiael, je suis Vincent, psychologue. Te souviens-tu de moi ?

— Je n'ai pas à me souvenir de vous puisque je n'ai jamais eu besoin de vous voir ! lança-t-elle d'un ton acerbe en se levant, avant qu'un pas en la direction du médecin baraqué ne la force à se rassoir.

— Tes parents m'ont dit que tu avais recommencé à voir Lyvia Dragermaan.

— Eh bien... Oui ! Nous nous voyions à l'école et...

— Je veux dire... la voir alors qu'elle n'est pas là.

Eiael sentit son visage se déformer sous les pleurs qui s'arrachaient doucement à elle. Sa mère enfouit son visage au creux du cou de son père, sûrement pour en faire de même.

— Elle était là… nous…

Sa voix s'était faite douce, faible.

— Quelqu'un la menaçait, on a écrit un livre sur elle et dedans, on voit bien qu'elle s'inquiétait pour quelque chose !

Le psychologue découvrit un livre qu'il tenait jusqu'à présent derrière son dos. Eiael bondit de son lit.

— Oui ! C'est ça ! Vous l'avez lu ? J'ai surligné les passages et…

— Eiael, qui a écrit ce livre ? demanda-t-il avec une douceur écrasante.

— L'homme qui l'a enlevée ! s'égosilla-t-elle la voix brisée, à bout de patience.

L'homme en blouse blanche prit la chaise du coin de la chambre et s'assit dessus.

— Est-il arrivé que l'on vous regarde étrangement ces derniers temps, comme si vous parliez… seule ?

Cette question lui fit l'effet d'une gifle en plein visage.

Eiael se souvint en un éclair du regard *particulièrement questionnant* du garçon dans le bus, de ses collègues qui chuchotaient alors qu'elle quittait le restaurant avec Lyvia en la regardant avec *des jugements aussi insistants que si elle parlait seule,* des gens autour d'elles qui leur lançaient *des regards pleins d'interrogations* alors qu'elle se faisait réprimander pour son absence en cours d'histoire, et du jeune garçon à la chevelure blonde dans le hall de la bibliothèque.

Son monde sembla se dissoudre. Elle avait l'impression de se réveiller dans une réalité qui n'était pas la sienne. Cette fois, elle ne trouvait plus aucun mot.

— Vous rappelez-vous avoir écrit ce livre sur Lyvia Dragermaan, mademoiselle Eiael ? Lors de notre dernière thérapie, vous aviez reconnu que cela vous aidait d'écrire, d'imaginer une histoire, vous disiez que cela donnerait un sens et une raison à la disparition tragique de votre amie après son suicide. Vous aviez de même écrit un livre de sa tante, il me semble, Nalo Dragermaan, vous sentant ainsi plus proche d'elle encore.

Les mots se fracassaient en échos contre les murs de sa chambre. Les sanglots de sa mère se faisaient insupportables.

— Écrire semble vous faire du bien, souhaitez-vous que l'on vous amène des feuilles blanches et un crayon pour que vous puissiez extérioriser ce que ce… réveil provoque en vous ? Ainsi vous pourrez en parler lors de votre entretien avec le psychiatre, demain ?

Il se leva, prit un petit gobelet sur la table jusque-là passé invisible aux yeux d'Eiael, et sortit une boîte de sa blouse.

— Pour le moment, il vous faut vous reposer. Avec l'accord de vos parents, nous avons décidé de retenter le traitement comme la dernière fois, lui dit-il en lui tendant une pilule et le gobelet d'eau en carton qu'elle ingurgita presque comme une morte-vivante. Sachez que notre objectif est que votre hospitalisation soit la plus courte possible et que votre rétablissement soit optimal. Nous avons confiance, nous l'avons déjà fait une fois, annonça-t-il dans une tentative de réconfort, mais Eiael était déjà partie, loin dans ses tourments.

» Les infirmiers viendront prendre votre tension et votre température puis vous poser quelques questions administratives, après cela vous serez libre de vous reposer comme il se doit. Vous pourrez... bouquiner, ou demander aux infirmiers de vous apporter des mots croisés ! Sachez que votre téléphone ne vous est pas interdit, mais… il serait bien de penser à faire un break avec l'extérieur et… si les infirmiers en estiment le besoin, ils pourraient vous le retirer un temps… pour votre bien-être, bien sûr, termina-t-il sur un horrible sourire compatissant alors qu'il ouvrait la porte de sa prison.

Le médicament donné par le médecin commençait déjà à endormir Eiael pendant que ses parents l'embrassaient sur le front, laissant couler quelques larmes, puis avant que tous ne sortent de la chambre silencieuse, le psychologue ajouta :

— Il y aura une activité thérapeutique de lecture en groupe demain, cela pourrait être parfait pour vous ! Pensez-y, avant de rencontrer le médecin.

Puis il referma la porte, la laissant seule, sombrer dans un sommeil aussi profond que le désarroi qui faisait un carnage dans ses entrailles.

Allongée là, le regard vide, l'esprit effacé, elle n'aurait su dire si ce qu'elle vivait était réel ou pas.

Chapitre 6

Eiael fut brutalement réveillée au petit matin par un infirmier venu apporter le petit déjeuner : une pomme, du lait *presque* chocolaté et un jus d'orange coupé à l'eau.

Il attendit le temps de s'assurer qu'elle avale bien le traitement qu'il lui présentait, puis repartit vers la porte avec son chariot.

— Le médecin-psychiatre vous rencontrera dans l'après-midi. On m'a dit qu'il serait bien pour vous de participer à l'atelier thérapeutique de lecture. Ne tardez pas !

Eiael ne prit pas la peine de répondre.

Les yeux mis clos, le visage avachi, elle jeta deux pieds ballants en dehors de son lit, puis se dirigea vers sa salle de bain.

Une salle de bain d'hôpital. Une douche sans parois. Une chaise pour s'asseoir en cas de difficulté. Un bouton pour appeler une infirmière en cas d'urgence.

Dénudée et les cheveux déjà ternis par le choc, elle appuya sur le bouton qui déversa un jet d'eau brulante sur son corps tremblant, puis s'affaiblit, puis s'arrêta. Elle appuya sur le bouton cinq ou six fois encore pour tenter de réchauffer l'organe gelé qui trônait dans son crâne, en tentant tant bien que mal de contrôler sa respiration.

Une inspiration, puis une expiration, une inspiration, puis… elle loupa cette expiration et ce fut un sanglot qui s'échappa et résonna dans la pièce exiguë. Un sanglot qui se transforma bientôt en un torrent de larmes et de convulsions, de hurlements.

Elle s'agenouilla, s'agrippa les cheveux et procéda même à ce qui sembla être une tentative pour s'arracher le cœur. Cette scène dura bien un quart d'heure avant qu'un infirmier n'entende sa détresse et vienne l'envelopper d'une serviette puis la poser sur son lit, comme on pose un objet inanimé. Ce qu'elle était.

L'infirmier débita quelque chose pour lui dire qu'ils allaient tenter de lui trouver de quoi se vêtir, un de ces immenses pyjamas bleus que l'on donne dans les asiles, puis qu'il allait la conduire à l'atelier lecture.

Elle passa ses bras lourds et ses jambes tremblantes dans les pans de ses vêtements, glissa son téléphone, seul souvenir de sa vie d'avant, dans sa poche, espérant encore follement que tout cela ne soit qu'une énorme méprise et qu'elle reçoive un appel de Lyvia dont le rire résonnerait dans l'écouteur, puis ils passèrent la porte.

Ils déambulèrent alors le long de couloirs blancs aux lumières défraichies où s'alignaient des chambres qui portaient toutes un vulgaire numéro et parfois un verrou magnétique, puis de temps à autre croisèrent un bureau, où s'alignaient de nombreuses affiches quant à l'utilisation du téléphone portable dans les lieux communs ou sur l'heure des repas, puis, niché là parmi elles, l'avis de recherche d'un jeune homme à la chevelure brune ébouriffée, auquel elle ne prêta pas plus d'attention que cela.

Ils passaient parfois devant ce qu'Eiael supposait être un autre patient, marchant comme un zombie, comme s'il ne les voyait pas. Eiael non plus ne voyait rien de toute façon, elle ne regardait plus rien, ne comprenait plus rien.

Ils arrivèrent enfin dans une grande salle circulaire où des chaises étaient installées côte à côte. Des résidents occupaient certaines d'entre elles. Elle n'osa croiser le regard de personne, de peur de sombrer dans leur folie, dans leur monde, pas même celui de l'intervenant-lecteur.

Elle n'écoutait pas ce qu'il disait, elle entendait seulement de vagues morceaux des phrases du livre qu'il entamait de sa voix de vieillard qui flottaient dans l'air…

— … jeta un dernier regard sur le hall avec ses majestueux tapis bordeaux et ses quelques meubles en bois terni par le temps, disait-il tantôt. Les marchands commençaient à décorer leurs vitrines de citrouilles et de fausses toiles d'araignées… continuait-il.

Mais Eiael était comme un spectre parmi eux, ne voyant rien, n'écoutant rien, sentant à peine l'odeur d'encens qui émanait fébrilement du vieil homme.

— Le vent qui soufflait en rafale était la seule chose que l'on entendait dans les rues désertes.

Le vieillard avançait dans sa lecture.

Une vibration dans la poche d'Eiael la sortit de sa perdition alors que le temps passait sans compter. Lorsqu'elle alluma l'écran de son téléphone, son crâne sembla se fendre en deux. Ses membres furent pris d'une raideur cadavérique.

Un message de Lyvia affichait :

Aide-moi.

— Lyvia ne pouvait pas être morte, elle était allée à la bibliothèque avec elle pas plus tard qu'hier, lisait-il désormais avec une insistance bien marquée et un sourire sordide que l'on devinait dans son intonation.

Eiael sauta de sa chaise et jeta un regard foudroyant au vieil homme au chapeau haut de forme et à la montre à gousset qui lisait ce livre à la couverture usée de cuir, lorsqu'elle se rendit compte que…

Chapitre 7

2 ans plus tard...

Yona et sa jeune cousine Andréa se promenaient avec curiosité dans la bibliothèque éphémère qui venait d'arriver dans leur petite ville du Nord. Elles trouvaient l'animation géniale et alors qu'elles cherchaient chacune de leur côté des livres aux titres assez intéressants pour les occuper les jours de pluie, Andréa revint un exemplaire sous le bras.

— Tu as trouvé quelque chose ? demanda-t-elle à sa couine.

— J'ai opté pour les livres datant de la Première Guerre mondiale. Savoir comment les gens vivaient à cette époque me fascine et me fascinera toujours.

Andréa lança un regard moqueur à sa cousine suivi d'un air de dédain.

— T'as toujours été bizarre comme fille.

Ignorant sa remarque, Yona passa devant le vieil homme au chapeau haut de forme en le saluant.

— À très bientôt, mesdemoiselles, lança-t-il à leur égard avec une grâce venue d'une autre époque.

— Tu as pris quoi, toi, comme livre ?

Andréa plaça sa trouvaille devant elle en tendant les bras pour en lire le titre.

— Eiael Tushukan de la Chambre 18. Je préfère les histoires plus modernes, et elle a l'air bien flippante. J'ai feuilleté un petit peu. Je pense que je reviendrai chercher d'autres livres avant que la bibliothèque ne quitte la ville.

Et ce fut sur ces promesses de retour que les deux jeunes filles descendirent l'allée souillée de feuilles mortes, parmi lesquelles virevoltaient quelques avis de recherche sur un jeune homme à la chevelure brune ébouriffée sous un ciel orageux, prêtes à plonger dans des histoires sans fin…

FIN

Le meilleur moyen de connaitre la fin de son histoire est de l'écrire soi-même.

SOMMAIRE

Chapitre 1…………………………………….page 9

Chapitre 2……………….………………page 31

Chapitre 3……..…………………………page 47

Chapitre 4……………..………………page 63

Chapitre 5………………..…………page 81

Chapitre 6………………….…….page 91

Chapitre 7………………..…………page 99

DU MÊME AUTEUR

Découvrez les aventures de la Rose Noire
dans la saga « Prophéties »

1. L'Éveil de la Rose Noire
2. L'Ascension de Neirin

Disponible à la commande dans toutes les librairies,
au format broché et numérique.

CHAPITRE 1 — EMERAD

Mythica Akarran marchait lentement au milieu de centaines de corps brûlés dont on entendait encore le crépitement de la chair. L'air lourd lui faisait suinter la peau. Un vent chaud obstruait sa course et diffusait l'odeur nauséabonde des cadavres éparpillés. Mêlée à celle de la fumée qui lui piquait les yeux et la gorge, Mythica se sentait au bord du malaise.

La demi-nymphe ne distinguait plus rien de la civilisation. Non car des cendres glissaient douloureusement sous ses paupières rougies, mais parce qu'à perte de vue, les châteaux se faisaient ruines et les champs cimetières. Des geysers de vapeur bouillante perçaient les sols de Soryos. L'île de Palestia, si frêle au milieu de l'océan déchaîné, se noyait sous l'eau ocre.

Sous un ciel aussi pourpre que le sang, Mythica aperçut une femme dont les cheveux aux reflets argentés s'en trouvaient noircis par les décombres. Visiblement, sa respiration saccadée et bruyante semblait l'étouffer. Ses yeux gris et terrorisés souffraient du spectacle auquel ils assistaient impuissants.

Dès l'instant où Mythica tenta de s'en approcher, une vive douleur au creux de ses paumes la retint en arrière. D'abord gagnée par la panique à la vue du liquide écarlate sur ses mains, la rose particulièrement sombre qu'elle serrait avec force accapara toute son attention.

Une Rose Noire.

Une somptueuse Rose Noire qui lui entailla davantage la chair lorsqu'elle s'envola, attirée par une énergie surnaturelle.

Des pleurs s'élevèrent dans les airs. Puis, Mythica se tordit sous ses draps, hurla à pleins poumons.

Octavia et Lorenn — qui arrivaient avec le petit déjeuner — se hâtèrent aussitôt dans ses appartements. La lumière matinale qui éclairait faiblement la chambre réchauffa agréablement leur peau lorsqu'elles passèrent dans son sillon. Dans un mouvement devenu banal, les deux nymphes relevèrent la jeune princesse.

— Mademoiselle, revenez à vous, murmura Octavia d'une douce voix. Vous rêvez !

— Encore... remarqua Lorenn, inquiète ou exaspérée.

Mythica reprit lentement ses esprits et retrouva peu à peu un souffle normal. Pour elle, rien de singulier. Pour ses servantes non plus. Ce cauchemar se trouvait le suivant d'une liste qui s'allongeait sans cesse au cours des années. Seuls ses réveils évoluaient. Ils se montraient chaque fois plus rudes que le précédent. Et si certaines potions avaient prouvé leur efficacité jadis, leur effet finissait toujours par s'estomper et la demi-nymphe souffrait de nouveau.

Des gouttes perlaient le long de son front ridé par ses visions nocturnes, des frissons parcouraient son corps de temps à autre. Tandis qu'elle observait les alentours, agitée, Mythica ferma finalement les yeux avant de prendre une profonde inspiration.

Le vert de ses murs parfaitement accordé avec ses meubles de bois noble lui offrait ce don particulier de l'apaiser. Tout comme l'effluve enivrant des innombrables fleurs suspendues au plafond, ou encore la douceur de ses draps, qui l'éloignaient lentement de son effroyable rêve.

Après un court instant de silence, la princesse se dégagea de ses soieries humides d'une sueur à l'odeur de la peur afin de se diriger vers une coiffeuse tout à fait charmante. Les petits lierres qui ornaient son miroir se voyaient visités par de mignonnes et minuscules lucioles colorées.

— C'est la troisième fois cette semaine, vous devriez consulter un médecin Altesse, s'inquiéta Octavia tandis qu'elle brûlait de l'encens un peu partout dans la chambre. Peut-être pourrait-on vous prescrire une autre décoction qui vous aiderait à mieux dormir et éviter les cauchemars.

Mythica observa longuement le visage vert pâle de sa domestique dans le reflet de sa glace et y discerna deux cernes forts marqués. *Rien d'étonnant*, pensa la princesse. Si elle connaissait des nuits agitées, de toute évidence, les deux nymphes à son service permanent en subissaient également les conséquences.

— Ton inquiétude m'honore Octavia, mais aucune plante ne saurait me soigner. (Elle murmura ensuite.) Ce ne sont pas de simples cauchemars.

À suivre…